DESTINS DE CHAMPIONS

Texte : Luca Caioli.

Photos : François Denat (couverture et p. 3), LUTTIAU/PRESSE SPORTS (p. 43), Gabriel Piko/PIKO/ARGENPRESS/PRESSE SPORTS (p. 52), LAHALLE/PRESSE SPORTS (p. 63), FEVRE/PRESSE SPORTS (pp. 68, 78), MANTEY/PRESSE SPORTS (p. 74), RONDEAU/PRESSE SPORTS (p. 83), PAQUOT BAPTISTE/PRESSE SPORTS (pp. 104-105), Gerrit Van Cologne/ANP SPORT/PRESSE SPORTS (pp. 107, 109), Aaron Foster / The Image Bank / via Getty Images (pp. 1, 4, 119, 120, 121, 123).

Conception graphique et mise en pages : Audrey Thierry.

Hachette Livre, 58 rue Jean-Bleuzen, 92178 Vanves Cedex.

DESTINS DE

CHAMPIONS

Luca Caioli

Une biographie de

LIONEL MESSI

★ **Superstar** ★

hachette JEUNESSE

Lionel
MESSI

Pays : Argentine
Club : Paris Saint-Germain
Poste : Attaquant
Numéro : 30 (PSG)
ou 10 (équipe d'Argentine)
Taille : 1,69 m
Poids : 67 kg
Date de naissance :
24 juin 1987

Palmarès

Ballon d'or :

2009, 2010, 2011, 2012, 2015, 2019, 2021

Vainqueur de la Coupe du monde :

2022 (Argentine)

Vainqueur de la Copa América :

2021 (Argentine)

Vainqueur des Jeux olympiques :

2008 (Argentine)

Vainqueur de la Ligue des champions :

2006, 2009, 2011, 2015 (FC Barcelone)

Meilleur buteur de la Ligue des champions :

2009, 2010, 2011, 2012, 2015 (FC Barcelone)

Vainqueur de la Supercoupe d'Europe :

2009, 2011, 2015 (FC Barcelone)

Vainqueur de la Supercoupe d'Espagne :

2006, 2009, 2010, 2011, 2013, 2016,
2018 (FC Barcelone)

MESSI

10

CHAPITRE 1

La naissance d'une star

★★★

Une grande bâtisse couleur crème s'étend sur une parcelle rectangulaire au 1249 Virasoro, à Rosario, en Argentine. C'est ici, dans l'hôpital italien, que naît Lionel Messi, aux premières lueurs du matin, le 24 juin 1987. Il est le troisième enfant de la famille Messi-Cuccittini.

Son père, Jorge, 29 ans, est chef de service dans une entreprise sidérurgique dans la banlieue de Rosario. Sa mère, Celia, 27 ans, travaille dans un atelier de fabrication d'aimants. Ils se sont rencontrés dans le quartier de San Martín, dans le sud de la ville. Leurs maisons étaient séparées d'une centaine de mètres. Comme beaucoup d'autres familles de la région, ils sont d'origines italiennes et espagnoles. Jorge Messi et Celia Cuccittini tombent amoureux très jeunes. Ils se marient le 17 juin 1978. Le pays tout entier est alors absorbé par la Coupe du monde de football. Pendant leur voyage de noces, les jeunes époux s'assurent de pouvoir suivre à la télévision le match Argentine-Brésil. Huit jours plus tard, au stade Monumental de Buenos Aires, l'équipe nationale vient à bout des Pays-Bas sur le score de 3-1 et décroche le titre de championne du monde. Tout le pays exulte.

Celia et Jorge ne perdent pas de temps non plus pour devenir parents : leur premier enfant, Rodrigo Martín, naît en février 1980. Il est suivi deux ans après de Matías Horacio. L'Argentine traverse alors les heures les plus sombres de son histoire. Cinq ans plus tard, le pays est au bord de la guerre civile lorsque Celia tombe enceinte pour la troisième fois. Le 23 juin 1987, Jorge accompagne Celia à la maternité de l'hôpital italien. Leurs fils sont restés à la maison avec leur grand-mère. Après deux garçons, Celia rêve d'une fille, mais la nature est capricieuse et lui donne un troisième garçon. Peu avant 6 h 30, Lionel Andrés Messi vient au monde. Il mesure 47 centimètres et pèse 3 kg. Il est rouge comme une tomate et a une oreille complètement pliée. Qu'importe, le nourrisson est en bonne santé. Le 26 juin, Lionel et sa mère sont autorisés à rentrer à la maison.

Six mois plus tard, le nouveau-né s'affiche joufflu et souriant dans l'album de famille. À 10 mois, il commence déjà à cavaler derrière ses grands frères. Le jour de son premier anniversaire, ses oncles et tantes lui offrent son premier maillot de football. Ils veulent le convaincre de soutenir le club local des Newell's Old Boys, mais c'est un peu tôt. À 3 ans, Leo préfère encore les cartes et les billes. À la crèche, puis à l'école, il ne cesse de gagner celles de ses camarades. Son sac est toujours plein. Pour son quatrième printemps, ses parents lui offrent un ballon blanc avec des losanges rouges. C'est sans doute à cette période que naît l'attraction fatale. Un jour, il épate toute sa famille. Alors que son père et ses frères jouent au football dans la rue, Leo décide, pour la toute première fois, de se joindre à eux.

« Nous avons été surpris de voir ce qu'il pouvait faire avec un ballon », dira son père.

MESSI

10

CHAPITRE 2

La Pulga

★★★

« J'avais besoin d'un joueur supplémentaire dans l'équipe des enfants nés en 1986. J'attendais le dernier enfant, pendant que les autres s'échauffaient, mais il ne venait pas. Cependant il y avait un gamin qui tapait la balle contre les tribunes. Sa grand-mère m'avait demandé plusieurs fois de le mettre à l'essai. Elle voulait le voir sur le terrain. Elle n'arrêtait pas de me vanter les talents de ce petit bonhomme. Comme l'heure avançait, je me suis dit : "Tant pis, je ne sais même pas s'il sait jouer, mais bon…" Alors j'ai demandé à la grand-mère : "Je peux vous l'emprunter ?" » C'est ainsi que Salvador Ricardo Aparicio racontait comment il avait découvert Lionel Messi.

« Don Apa » a accompagné des centaines et des centaines d'enfants, sur le terrain du petit club de quartier du Grandoli FC. Il s'est occupé notamment des deux grands frères de Leo. Rodrigo, l'aîné, était un avant-centre rapide et puissant ; Matías, le cadet, jouait en défense. Mamie Celia Maria les accompagnait chaque mardi et jeudi à l'entraînement. Et un après- midi d'été 1992, elle a emmené Leo pour la première fois avec eux. Selon la famille, les débuts en club de Leo se sont déroulés d'une manière différente de la version racontée plus haut par l'entraîneur bénévole.

« C'est Celia Maria qui a obligé Don Apa à le prendre quand il lui a manqué un enfant, rectifient les proches du joueur. Le coach n'était pas forcément d'accord car il trouvait Leo trop petit, mais sa grand-mère a insisté et lui a dit : "Faites-le entrer et vous verrez comment le petit joue." "OK, aurait alors répondu Don Apa, mais je le fais jouer le long de la touche et, s'il pleure, c'est vous qui venez le chercher." »

Famille et entraîneur s'accordent en revanche sur la suite de l'histoire. Don Apa reprenait son récit : « Eh bien... Je lui ai passé le maillot et il l'a enfilé. Le ballon est arrivé vers lui. Il l'a regardé et... rien. Il était gaucher, c'est pour ça qu'il n'est pas allé vers le ballon. La deuxième fois, le ballon est arrivé sur son pied gauche. Il l'a pris et il a passé un gars, puis un autre et encore un autre. Je lui criais : “Frappe, mais frappe !” J’étais terrifié à l’idée que quelqu’un lui fasse mal, mais il continuait. Je ne me souviens pas s’il a marqué le but, mais ce qui est sûr, c’est que je n’avais jamais rien vu de tel. Je me suis dit : “Celui-là ne va pas sortir de sitôt.” Et effectivement, je ne l’ai jamais fait sortir. Il avait un an de moins. Il était le plus petit et le plus jeune, mais il avait quelque chose. Les autres n’étaient pas tendres avec lui. C’était un joueur différent, avec un talent surnaturel. Il était né en sachant jouer au foot. Quand on avait un match, les spectateurs venaient nombreux juste pour le voir. Quand il prenait le ballon, il était incroyable, personne ne pouvait l’arrêter. Il marquait quatre ou cinq buts par match. » Et comment Leo Messi se comportait-il ? « C’était un enfant sérieux.

Il était toujours silencieux, à côté de sa grand-mère. Il ne se plaignait jamais. Si les autres lui faisaient mal, il pleurait parfois, mais il se relevait toujours et recommençait à courir. »

La Pulga (« la puce »), comme l'a surnommé son grand frère Rodrigo, n'a pas encore 5 ans, mais au Grandoli FC, il goûte déjà aux succès et aux buts. Lors de sa deuxième année, il a la chance d'avoir son propre père comme entraîneur. Jorge accepte de prendre en main l'équipe des 1987, qui évolue dans l'un des nombreux championnats de la ville. Et ils gagnent tout. « Mais tout, tout : le championnat, les tournois, les amicaux... », se souvient Jorge Messi avec la fierté du père plus que de l'entraîneur.

Outre le football, il y a aussi l'école. Leo s'y rend accompagné de sa mère, de sa tante Marcela ou des parents de sa meilleure amie Cintia. Ils font le chemin à pied à travers champs ou en longeant les terrains de football du camp militaire. Les souvenirs les plus forts se déroulent pendant la récréation, lors de matchs improvisés avec des ballons de fortune. Leo n'a pas honte d'admettre que l'école ne l'intéresse pas trop. Ce que son enseignante de CE2, Mónica Dómina, confirme : « Non, ce n'était pas un excellent élève, mais son travail était d'un niveau acceptable. Au début, il avait quelques difficultés en lecture, donc j'avais conseillé à sa mère de l'emmener voir un orthophoniste. Dans les autres matières, il progressait petit à petit, mais il n'a jamais eu des résultats exceptionnels. C'était un enfant discret, doux et timide, l'un des plus timides que j'aie vus dans toute ma carrière. Si vous ne lui adressiez pas la parole, il restait assis silencieusement à sa place, au fond de la classe. En revanche, lors des tournois inter-écoles de Rosario, il collectionnait les trophées et les médailles, mais je ne l'ai jamais entendu se vanter de bien jouer et de marquer des buts. »

MESSI

10

CHAPITRE 3

Rouge et noir

★★★

La famille Messi-Cuccittini supporte le Club Atlético Newell's Old Boys. Le papa de Leo a porté le maillot rouge et noir de ses 13 ans jusqu'à son service militaire. Milieu de terrain à vocation plutôt défensive, Jorge avait une bonne vision du jeu, mais n'a jamais atteint le niveau professionnel. Son fils aîné, Rodrigo, a intégré l'académie à partir de 7 ans, et Matías l'a suivi.

Le 21 mars 1994, c'est au tour de Leo de quitter le Grandoli FC pour signer sa première licence aux Newell's. Les recruteurs du club ont vite été mis au courant de son talent. Ils ont demandé à ses frères de le faire venir à l'essai pour voir si le benjamin de la famille était aussi extraordinaire qu'on le disait. En l'espace d'un mois, Leo dispute ainsi huit rencontres dans plusieurs équipes. À chaque fois, le rapport est dithyrambique. Les entraîneurs le qualifient tous de « phénomène ». Alors, à même pas 7 ans, il est invité à intégrer l'école de foot.

La première saison, Messi laisse filer la finale du championnat 3-0 contre l'équipe voisine de Tiro Suizo. Mais avec ses partenaires, il apprend vite de cette déception. Il ne perd ensuite qu'une seule rencontre lors des quatre saisons suivantes. Sa génération enchaîne les succès et les titres. *La Pulga* commence alors à se faire connaître en dehors du pays. En 1997, il ramène du Pérou un trophée en forme de dauphin : son équipe remporte « la Copa de la Amistad » face à des adversaires péruviens, colombiens et chiliens. Lors de ce prestigieux tournoi international, ses facéties avec le ballon retiennent l'attention des médias. Il a en effet pris l'habitude d'aligner les jongles avant les matchs et les entraînements. Cela donne une idée aux dirigeants des Newell's Old Boys. Dans la foulée, ils l'invitent à divertir le public à la mi-temps des matchs de l'équipe professionnelle. Le speaker annonce son nom au micro et Leo descend alors les marches des tribunes en jonglant, puis se poste dans le rond central où il enchaîne les prouesses avec la balle.

« C'était quelque chose d'unique, racontait Ernesto Vecchio, son deuxième entraîneur. Il n'était pas seulement technique, il avait aussi du bon sens, il pouvait accélérer, ses passes étaient précises, il jouait collectif, même s'il était capable d'éliminer la moitié de l'équipe adverse. Un jour, le gardien lui a passé la balle dans notre camp et il a remonté tout le terrain pour marquer un but incroyable. Il n'avait besoin d'apprendre de personne. Avec lui, il y avait seulement à peaufiner quelques détails. »

En six ans, Messi décroche six titres et inscrit près de 500 buts sous les couleurs rouges et noires. Le 3 septembre 2000, il a même droit à sa première interview dans le journal de Rosario, *La Capital*. En introduction, le footballeur de 13 ans est présenté ainsi : « Ce garçon n'est pas seulement l'un des jeunes les plus prometteurs, il a aussi un très grand avenir devant lui. Parce que, malgré sa petite taille, il peut éliminer un joueur, deux joueurs, tous les défenseurs, et marquer, mais surtout, il s'amuse avec le ballon. »

Plus bas dans l'article, Leo est invité à répondre à une série de questions plus personnelles...

Tes idoles : Mon père et mon parrain Claudio.

Tes joueurs préférés : Mon frère et mon cousin.

Ton équipe favorite : Newell's Old Boys.

Tes loisirs : Écouter de la musique.

Ton livre préféré : La Bible.

Ton film préféré : Bébé part en vadrouille.

Un métier qui t'intéresse : Professeur de sport.

Ton objectif : Terminer le collège.

Une valeur : L'humilité. C'est une chose qu'on ne devrait jamais oublier.

Ton meilleur souvenir : Mon premier entraînement sous les yeux de ma grand-mère.

Ton pire souvenir : Le décès de ma grand-mère.

Ton rêve : Jouer un jour en professionnel avec Newell's.

Ce que représente ce club pour toi : Tout, ce sont les meilleurs !

CHAPITRE 4

De l'autre côté de l'Atlantique

★★★

Treize jours après cette première interview, Leo et Jorge Messi quittent Rosario pour l'Espagne. Le directeur sportif du FC Barcelone, Carles Rexach, a donné son accord pour voir à l'œuvre le prodige argentin. « On m'avait parlé d'un gamin superdoué… une sorte de Maradona. J'ai cru qu'on parlait d'un garçon de 18 ou 19 ans. Quand on m'a donné son âge, je suis tombé sur les fesses, dit Rexach. Il fallait qu'il soit vraiment phénoménal pour qu'on s'intéresse à lui. Ce n'était pas dans nos habitudes de recruter des enfants en dehors de notre région et encore moins en dehors de l'Europe. Mais on m'a assuré que ce joueur était unique. Alors on l'a fait venir à Barcelone pour qu'il s'entraîne quelques semaines et qu'on puisse l'observer tranquillement. »

Messi père et fils arrivent le dimanche 17 septembre 2000 dans la capitale de la Catalogne. Le premier entraînement est prévu le lendemain après-midi. Leo est épaté par les installations sportives. Il demande à se faire prendre en photo devant le Camp Nou comme un simple touriste. Puis il se dirige vers les vestiaires et retrouve ses nouveaux partenaires sur les terrains annexes. Pendant la semaine, il joue plusieurs matchs avec sa catégorie d'âge. En tribune, son père l'observe en silence. Leo tient à ne pas le décevoir. Il gagne même son pari en inscrivant 6 buts, dont un annulé, en un seul match. Son père tient sa parole et lui offre un nouveau survêtement.

Les entraîneurs du FC Barcelone sont unanimes : le jeune argentin est particulièrement doué. Mais c'est à Carles Rexach, seul, de prendre la décision de le recruter ou non. Par conséquent, un match est organisé le 3 octobre contre l'équipe des 14-15 ans. Le directeur sportif veut voir comment Leo se comporte face à des joueurs plus âgés. « Je suis arrivé sur le terrain avec cinq minutes de retard. Le match avait déjà commencé. J'ai dû courir autour du terrain pour rejoindre le banc des entraîneurs. Ce qui m'a pris sept à huit minutes. Au moment de m'asseoir, j'avais déjà pris ma décision. J'ai dit aux entraîneurs : “Il faut le recruter. Tout de suite.” Ce que j’ai vu ? Un garçon, très petit, mais différent, avec une confiance, une agilité et une vitesse incroyables. Il avait une technique impeccable, était capable de courir comme un dératé avec le ballon et d’éviter tous ses adversaires. Ce n’était pas difficile de le voir : ses qualités, que tout le monde connaît aujourd’hui, sautaient encore plus aux yeux à 13 ans. Il y a des footballeurs qui ont besoin d’une équipe pour briller. Pas lui. À ceux qui disent que c’est moi qui ai découvert Messi, je réponds : si un Martien l’avait vu jouer, il aurait compris que c’était un garçon hors norme. »

Deux jours plus tard, Leo et Jorge Messi prennent place dans un avion en direction de l’Argentine. Ils repartent satisfaits. Si tout se passe comme prévu, Leo sera hébergé, rémunéré, son père aura un travail et peut-être aussi son grand frère Rodrigo. Mais la finalisation du dossier s'avère plus compliquée que prévu. « Tout d'abord, la loi interdit à des enfants étrangers de jouer dans un championnat national, explique Rexach. Sa nationalité argentine était donc un premier frein à sa venue. Ensuite, il était encore très jeune. Il pouvait très bien ne pas se plaire à Barcelone ou voir son parcours freiné par une blessure. Il fallait aussi trouver un emploi à ses parents pour qu'ils puissent s'installer en Espagne. Et aussi l'aider à résoudre son problème de croissance. Leo avait besoin d'un traitement pour l'aider à grandir. »

Quatre ans plus tôt, le jeune argentin a consulté un docteur pour son problème de taille. À 9 ans et demi, Leo mesure 1 m 27. Selon le médecin, il souffre d'un retard de croissance. Celui-ci propose à ses parents un traitement aux hormones avec une piqûre quotidienne pendant trois à six ans. Le coût de ce traitement est estimé à environ 11 500 euros par an. Une somme considérable que le FC Barcelone est prêt à prendre en charge pour l'accueillir.

Malgré les difficultés administratives et les réticences en interne, Carles Rexach ne baisse pas les bras. Il est convaincu que le FC Barcelone doit tout faire pour recruter le joueur argentin. Certes, Messi est petit et frêle, mais il possède un talent rare. En janvier 2001, un accord est officiellement conclu entre les deux camps. Et, le 15 février, au cœur de l'hiver barcelonais, Leo et sa famille débarquent en Catalogne.

CHAPITRE 5

En salle d'attente

★★★

La photo d'identité collée sur sa première licence barcelonaise montre un garçon de 13 ans au visage poupin, le front barré d'une imposante frange brune et affublé d'un large sourire qui va très vite disparaître. En effet, les premiers mois ne se passent pas exactement comme prévu…

Le 6 mars 2001, quelques semaines après son arrivée en Espagne, la Fédération lui délivre une licence provisoire. Leo Messi n'est pas encore autorisé à jouer le championnat national avec sa catégorie d'âge. Pour le moment, il doit se contenter de rencontres régionales. La recrue argentine dispute ainsi son premier match officiel sous le maillot *blaugrana* (« bleu et rouge », en catalan, les couleurs du FC Barcelone) face à l'équipe d'Amposta. Numéro 9 sur le dos, il inscrit tout de même son premier but avec Barcelone.

Mais son élan est rapidement brisé. Le 21 avril, il subit un tacle rugueux de la part d'un défenseur de Tortosa et se retrouve blessé pour la première fois de sa carrière. L'examen médical décèle une fracture de la jambe gauche. Il est écarté des terrains jusqu'au 6 juin. Et la malchance le poursuit. Une semaine après sa reprise, l'ancien des Newell's se blesse cette fois à la cheville gauche en descendant les escaliers. Il retrouve l'infirmerie pour trois semaines supplémentaires.

Le bilan des six premiers mois est bien maigre : Leo a seulement participé à un tournoi amical et à deux matchs officiels. L'adaptation à la vie européenne est également plus difficile que prévu. Depuis son départ d'Argentine, son goût pour l'école ne s'est pas amélioré. Le jeune Argentin a du mal à se faire à la charge de travail qui lui est demandée au collège. Néanmoins, Leo ne fait pas de vagues. Comme à Rosario, il est sérieux, poli et reste toujours silencieux dans son coin.

Si l'Argentin s'accroche malgré ces difficultés, la situation est de plus en plus délicate pour une partie de sa famille, notamment sa petite sœur, María Sol. Ses parents profitent ainsi du retour au pays, durant les vacances estivales, pour réfléchir à une nouvelle organisation. Ils sondent tout d'abord leur fils : ils lui laissent le choix entre une nouvelle année à Barcelone ou un retour à son ancienne vie. Leo n'hésite pas une seconde. Pas question pour lui de lâcher. Il confirme à ses parents son intention de réussir en Espagne et leur précise qu'il est inutile de s'inquiéter pour lui.

Pourtant, le défi s'annonce immense pour un garçon d'à peine 14 ans. Il faut avoir une sacrée force de caractère pour être capable de tourner le dos à son enfance, sa ville natale, son école, ses amis, l'équipe qu'on aime et une partie de ses proches. Car, cinq mois après leur arrivée en Catalogne, les Messi-Cuccittini décident de se séparer provisoirement pour le bien de la famille. Désormais,

Celia, María Sol, Matías et Rodrigo vivront à Rosario. Seuls Leo et son père retournent en Espagne.

La Pulga ne regrette pas ces sacrifices : près d'un an après son arrivée à Barcelone, il est enfin autorisé à participer au championnat national. Le 17 février 2002, il débute contre Esplugues de Llobregat. L'attaquant de 14 ans entre en jeu en seconde période et marque trois fois. Score final : 14-1. À peine un mois plus tard, le 29 mars, il remporte le championnat grâce à un 6-0 contre El Prat. Les mauvais jours semblent définitivement derrière lui. Les succès s'accumulent : il enlève le tournoi de Thayngen en Suisse puis s'adjuge le trophée Maestrelli à Pise où il est sacré meilleur joueur de la compétition. Ce voyage lui permet enfin de vaincre sa timidité... « Au départ, on pensait qu'il était muet, s'amuse son ancien coéquipier Cesc Fàbregas. Et puis, grâce à la PlayStation et à ce voyage en Italie, on a découvert qu'il savait parler. » « Avant ce tournoi, se souvient un autre partenaire, Víctor Vázquez, il rentrait dans le vestiaire, s'asseyait dans un coin, se changeait et filait sur le terrain sans un mot. En Italie, il a commencé à prendre confiance et à mieux connaître les joueurs. Sur le terrain, il n'était pas timide. Lorsqu'il jouait, on avait l'impression de voir Maradona au même âge. »

La saison suivante, Messi intègre le groupe des 16 ans. Avec son 1,62 m et ses 55 kg, il est encore le plus petit de l'équipe, mais cela ne l'empêche pas de jouer un rôle majeur. Barcelone remporte le championnat 2002-2003 et la Coupe de

Catalogne. Leo signe 36 buts en 30 matchs, dont trois triplés et un quadruplé…

MESSI

10

CHAPITRE 6

Chez les grands

★★★

Le stade du Dragon affiche complet pour son inauguration. La nouvelle enceinte du FC Porto est une merveille ; le bleu des tribunes contraste avec le vert de la pelouse. 52 000 spectateurs assistent, le 16 novembre 2003, au match de gala face au FC Barcelone. La formation espagnole est venue sans ses stars. La plupart des internationaux sont convoqués en sélection. L'entraîneur Frank Rijkaard a été obligé de piocher dans la réserve pour constituer son groupe. Il ouvre donc les portes à la nouvelle génération. À la 74e minute, Lionel Messi entre en jeu.

Leo remplace Fernando Navarro et découvre le grand monde avec le numéro 14 sur le dos. Il n'a que quinze minutes pour montrer ce qu'il sait faire et il se procure déjà deux belles occasions. Au coup de sifflet final, Rijkaard est satisfait de sa prestation : « C'est un garçon qui a beaucoup de talent et un avenir radieux devant lui. »

Néanmoins, *La Pulga* doit attendre plus de huit mois pour réapparaître en équipe première. En juillet 2004, il est convoqué pour une tournée asiatique à travers la Corée du Sud, le Japon et la Chine. Mais c'est finalement le 16 octobre 2004, au stade olympique de Montjuïc, qu'il dispute son premier match de championnat sous le maillot *blaugrana.* L'Argentin entre en jeu à dix minutes de la fin lors du derby de Catalogne contre l'Espanyol. Le 1er mai 2005, Leo inscrit son premier but « chez les grands ». Le Barça mène 1-0 contre Albacete lorsqu'il remplace l'avant-centre camerounais Samuel Eto'o à trois minutes du terme de la rencontre. Dans la foulée, il exploite une « louche » géniale de Ronaldinho et s'en va battre le gardien adverse d'un lob millimétré. À 17 ans et 10 mois, Messi devient le plus jeune buteur du club en championnat. Il ne sait pas

trop comment célébrer ce premier but au Camp Nou alors il vient crier sa joie sur le dos de Ronaldinho.

Cet événement ne l'empêche pas de disparaître des radars jusqu'à la fin de la saison. Il n'est plus rappelé en équipe première, même quand le Barça est assuré de son dix-septième titre de champion. Alors Leo se console avec l'équipe nationale argentine des moins de 20 ans. Le gaucher fait ses débuts lors d'un match amical contre le Paraguay, le 29 juin 2004. Cinq minutes après le repos, il s'avance pour la première fois sur un terrain avec le maillot *albiceleste* (le maillot bleu et blanc de l'Argentine). Les Argentins mènent déjà 3-0 et Messi affiche d'emblée son potentiel : quelques minutes après son entrée en jeu, il efface plusieurs adversaires et fait trembler les filets.

La rencontre se termine sur le score de 8-0. Le sélectionneur est épaté.

Le 2 juillet 2005, au stade d'Utrecht aux Pays-Bas, Leo est titulaire contre le Nigeria lors de la finale de la Coupe du monde des moins de 20 ans. La veille, il a reçu le trophée de meilleur joueur du tournoi. « Je suis très heureux, merci beaucoup pour ce prix. Je dois vous avouer que je suis le premier surpris de tout ce qui m'arrive ici », lâche-t-il à la télévision néerlandaise. Pourtant, le festival n'est pas fini. Après 38 minutes de jeu en finale, Messi contrôle le ballon dans le couloir gauche, se lance dans une course de plus de 40 mètres et entre dans la surface. Son adversaire nigérian comprend vite qu'il ne pourra pas lui subtiliser le ballon et le fauche. L'arbitre n'hésite pas : penalty. Leo le tire du pied gauche, en douceur, au ras du sol, sur la droite du gardien qui est pris à contre-pied. 1-0. Après l'égalisation du Nigeria, Messi hérite d'un nouveau penalty à la 73e minute. Comme sur sa première tentative, il ne tremble pas. Cette fois, il envoie un tir précis à gauche du gardien. But ! 2-1. L'Argentine décroche son cinquième sacre chez les moins de 20 ans. Lionel Messi est la star du tournoi.

CHAPITRE 7

Messidona

★★★

« Le Barça récupère le ballon.

Xavi…

Messi évite Paredes.

Il conserve la balle et passe Nacho aussi.

Messi remonte le terrain, toujours avec le ballon. Alexis est face à lui. Il entre dans la surface… encore un crochet.

Le tir ne semble pas cadré… Buuut !

Quel but !

Il a mis quatre joueurs de Getafe et le gardien dans le vent.

Et il conclut du droit, ce qui est loin d'être son pied fort !

Admirez ce but !

Après 28 minutes de jeu en première mi-temps. C'est sans doute l'un des buts de l'année… Incroyable. Le monde entier sourit et a du mal à réaliser ce qu'il vient de voir, cette démonstration de conduite de balle, de vitesse, de talent, de dribbles et de finition. C'est vraiment incroyable.

Je ne veux pas faire de comparaison, mais ce but me rappelle celui de Diego Armando Maradona contre l'Angleterre à la Coupe du monde 1986. Ce sont deux buts différents, deux joueurs différents. Je ne dis pas que Messi est Maradona, mais c'est ce qui me vient à l'esprit. »

C'est ainsi que les journalistes de la chaîne espagnole Digital+ commentent le but de Lionel Messi, le 18 avril 2007, lors du match de Coupe du Roi entre Barcelone et Getafe.

Et voici le commentaire du journaliste Víctor Hugo Morales, au micro de Radio Argentina, le 22 juin 1986, pour le match Argentine-Angleterre au stade de Mexico.

« *Au tour de Diego.*

Maradona a le ballon.

Deux joueurs sont sur lui, Maradona garde la balle. Le génie du football s'échappe sur la droite. Il en passe un troisième. Il n'y a plus que Burruchaga face à lui…

C'est du pur Maradona !

Génie ! Génie ! Génie ! Allez, allez, allez, allez, et…

Buuuuut ! Buuuut ! Spectaculaire. Viva ! Quel but ! Diegoal ! Maradona !

Je vais pleurer, excusez-moi… Maradona, au bout d'une course mémorable, la plus belle action de tous les temps… le cerf-volant cosmique… de quelle planète viens-tu ? Pour laisser sur place tellement de joueurs anglais, pour que tout le pays crie pour l'Argentine en serrant les poings… Argentine 2, Angleterre 0.

Diego ! Diego ! Diego Armando Maradona…

Merci, Dieu, pour le football, pour Maradona, pour ces larmes…

Pour ce score : Argentine 2, Angleterre 0. »

Les équipes ne sont pas les mêmes. L'importance des matchs non plus. D'un côté, une demi-finale de Coupe du Roi ; de l'autre, un quart de finale de Coupe du monde contre l'Angleterre, que l'Argentine affronte pour la première fois depuis la guerre des Malouines qui a opposé les deux pays en 1982.

Les deux protagonistes sont à des stades différents de leur carrière. Maradona, « le cerf-volant cosmique », a 25 ans. Il est le dieu du football, la superstar mondiale.

Messi est encore un gamin de 19 ans qui a découvert le championnat espagnol et la sélection argentine moins de deux ans auparavant.

Et pourtant... Les deux buts sont étonnamment proches, comme si l'un avait été calqué sur l'autre. Le lendemain, le monde entier voit l'histoire se répéter. Sur YouTube, le but déchaîne les internautes. Il est vu des dizaines de milliers de fois, comme celui de Maradona. Le débat fait rage pour savoir lequel est le plus beau. Tout le monde donne son avis tandis que les médias décortiquent et comparent les deux vidéos sous tous les angles possibles. Au final, tout le monde salue la performance de Leo.

Les titres, les commentaires et les inventions linguistiques de toutes sortes fleurissent : « Messidona » ou encore « le

Pied de Dieu ». Le monde du football est unanime, et même la presse madrilène, traditionnellement réticente à mettre le Barça en première page, n'hésite pas. Le quotidien *Marca* titre ainsi : « Vingt ans, dix mois et vingt-six jours plus tard, Messi reproduit le but de Maradona. »

Ce soir-là, les 53 599 spectateurs du Camp Nou terminent debout. Ils agitent tout ce qui leur passe sous la main : un journal, le programme de la soirée, un mouchoir ou une écharpe. Même les supporters de l'équipe adverse participent à l'euphorie collective et applaudissent jusqu'à en avoir mal aux mains. C'est un hommage absolu.

Sur le terrain, le Camerounais Samuel Eto'o, le Portugais Deco et l'attaquant islandais Eiður Guðjohnsen n'en reviennent pas. Tous les trois se tiennent les cheveux. « Bon sang, qu'est-ce qu'il vient de faire ?! » semblent-ils se dire derrière leur expression incrédule. Et ce n'est pas fini : en zone mixte, à la sortie du terrain, coéquipiers comme adversaires ne tarissent pas d'éloges sur le but auquel ils viennent d'assister.

Seul Bernd Schuster, l'entraîneur de Getafe, vient atténuer ce concert de louanges. « On aurait dû faire faute pour l'arrêter, quitte à prendre un carton. La noblesse, ça va un moment. »

Et que déclare le premier intéressé aux journalistes ? « Peut-être que l'action est similaire à celle de Maradona, je n'ai vu son but qu'une seule fois à la télé, mais je n'ai jamais pensé imiter Diego. On m'en a parlé après le match, mais sur le coup, je n'avais même pas fait le rapprochement. J'étais juste heureux d'avoir marqué. » Quand on lui demande de décrire son exploit, Leo explique : « J'ai vu un espace et je m'y suis engouffré, comme toujours, pour me rapprocher du but adverse et essayer de marquer. Mais les deux défenseurs allaient m'enfermer et je me serais retrouvé coincé, alors j'ai fait croire à un une-deux avec un partenaire pour créer une brèche et, par chance, ça a marché. »

Cette manière de banaliser un but exceptionnel n'est pas sans rappeler celle de Maradona en 1986, du moins si l'on se fie aux souvenirs de Jorge Valdano. « Diego affirmait qu'il avait voulu me passer le ballon à plusieurs reprises, mais qu'il y avait toujours un obstacle qui l'en empêchait », indique l'ancien attaquant, avant d'ajouter que, selon lui, « Diego n'a jamais vraiment voulu lâcher le ballon ».

Diego et Lionel, Messi et Maradona : la comparaison suivra Leo tout au long de sa carrière.

MESSI

10

CHAPITRE 8

Pékin 2008

★★★

Leo a fini par obtenir gain de cause. Après un bras de fer de deux mois entre la Fédération argentine et le FC Barcelone, il est autorisé à participer aux Jeux olympiques d'été de 2008.

Le 1er août, *La Pulga* débarque ainsi tout sourire à Shanghai. Il partage sa chambre avec son compatriote Kun Agüero. Les deux amis étaient déjà colocataires lors de la Coupe du monde des moins de 20 ans en 2005. Ils ont une passion commune pour la PlayStation et la cumbia, une musique traditionnelle colombienne, qu'ils écoutent à plein volume. Les deux garçons s'entendent à merveille. Ils s'affichent détendus à l'entraînement et ambitieux lorsqu'on les questionne en conférence de presse : « Pour moi et pour tous les joueurs, ce serait vraiment spécial de décrocher ce titre. On est venus ici pour gagner la médaille d'or », annonce Messi.

Le 6 août 2008, le premier match du groupe A oppose les Argentins à la Côte d'Ivoire. Leo, numéro 15 sur le dos, justifie rapidement sa présence dans l'équipe sud-américaine. Depuis le rond central, il est lancé dans l'axe par Román Riquelme. Il devance la défense, pénètre dans la surface et gagne son duel avec le gardien ivoirien. Ce premier but ne lui suffit pas. À cinq minutes du coup de sifflet final, Messi tente sa chance dans un angle fermé.

Le gardien des Éléphants détourne sur Lautaro Acosta, qui inscrit le but de la victoire. 2-1. Au moment de céder sa place, le joueur du Barça reçoit l'ovation du public chinois. Pas étonnant : Leo est l'un des sportifs les plus appréciés en République populaire de Chine. Il fait vendre des millions de maillots et de boissons sucrées. Les enfants l'adorent. Durant toute la compétition, sa cote de popularité ne cesse d'ailleurs de grandir : il est élu « footballeur préféré des JO » et figure parmi les stars de la compétition aux côtés de Michael Phelps, le dieu de la natation, et d'Usain Bolt, l'homme le plus rapide de la planète. Mais l'enfant de Rosario reste concentré sur son objectif de médaille d'or. Il redoute le prochain match : « L'Australie a de grands joueurs. Ce sera extrêmement difficile. » *La Pulga* ne croit pas si bien dire.

Il faut attendre un but d'Ezequiel Lavezzi dans le dernier quart d'heure pour que l'*Albiceleste* s'impose 1-0.

L'Argentine prend alors ses quartiers dans le village olympique de Pékin. L'occasion de rencontres mémorables. « On était à table quand on l'a vu arriver, faire la queue pour prendre à manger et s'asseoir avec nous, raconte le gardien, Óscar Ustari. Il nous a dit : "Salut, moi c'est Kobe." [Kobe Bryant, l'un des plus grands basketteurs de l'histoire.] Il nous a parlé en espagnol. Il cherchait Messi. Ils ont discuté un moment et on en a profité pour faire quelques photos. Au moment de partir, il a fait mine de soulever son chapeau en regardant directement Leo et lui a dit : "Messi, tu es le meilleur." On était tous en admiration. Rafa [Nadal, joueur de tennis espagnol ayant remporté 22 tournois du Grand Chelem] est passé également. Quand on était avec Leo, on nous arrêtait partout. »

Les mondanités pékinoises ne font pas tout : l'Argentine doit affronter la Serbie. Pour ce dernier match de poule, le sélectionneur décide de laisser Messi au repos. L'*Albiceleste* s'impose 2-0 et s'adjuge la première place du groupe A. Les 60 000 spectateurs du stade des Ouvriers de Pékin sont les grands perdants de la soirée. Ils étaient venus voir Messi. Après avoir chanté son nom en première période, ils ont commencé à siffler l'équipe argentine en fin de rencontre, déçus de ne pas voir leur idole entrer sur le terrain.

Le match suivant se joue le 16 août, lors d'un quart de finale face aux Pays-Bas. Désormais, l'erreur n'est plus permise. Leo l'a bien compris et tient son rang. C'est lui qui ouvre la marque. Puis, à la 14e minute de la prolongation, c'est encore lui qui trouve une diagonale parfaite dans la course de Di María pour le but du 2-1.

Dans le dernier carré, l'Argentine retrouve le Brésil. C'est un duel à distance avec Ronaldinho : les deux amis, les deux anciens coéquipiers du Barça, le jeune pétri de talent contre l'ancien Ballon d'or, la star montante contre le champion qui cherche à renaître de ses cendres. Messi plante le décor : « Je ne suis pas du genre à faire des pronostics, mais Ronnie, souviens-toi : l'or appartient à l'Argentine ! Cette fois, c'est notre tour… »

En effet, l'*Albiceleste* étouffe, écrase et humilie le Brésil. Agüero inscrit deux buts et provoque le troisième, marqué par Riquelme sur penalty. L'équipe brésilienne est d'une faiblesse rare et Ronaldinho confirme son déclin. La photo publiée le lendemain dans les médias du

10
adidas
15

monde entier est cruelle : Ronnie, dans son maillot jaune et vert numéro 10 et avec le brassard de capitaine, est réconforté par son « petit frère » Messi.

Le samedi 23 août 2008, au stade national de Pékin, surnommé le « Nid d'oiseau », se tient la finale du tournoi olympique de football masculin. Comme à Atlanta en 1996 et à la Coupe du monde des moins de 20 ans aux Pays-Bas en 2005, c'est le Nigeria qui se présente face à l'Argentine. Le match est de piètre qualité, haché, décevant, jusqu'à la 57e minute. Le ballon arrive alors dans les pieds de Messi vers le rond central. Leo se retourne et lance parfaitement Ángel Di María dans la profondeur. Celui-ci part en échappée solitaire sur la gauche du terrain. Arrivé à l'entrée de la surface, il caresse le ballon du gauche pour lober le gardien venu à sa rencontre. Une œuvre d'art qui vaut de l'or. L'Argentine remonte sur la plus haute marche du podium, quatre ans après son titre à Athènes. Messi, les bras autour de son ami Kun Agüero, a accompli son rêve olympique.

MESSI

10

CHAPITRE 9

Au firmament romain

★★★

Avant la finale de la Ligue des champions 2009, Lionel Messi possède déjà un titre européen dans son palmarès. Mais pour l'Argentin, la victoire sur Arsenal en 2006 ne compte pas. Blessé, il avait dû assister au sacre de son équipe depuis les tribunes. Et pendant les effusions de joie d'après-match, il s'était enfermé dans les vestiaires, la mine sombre. Ses amis Deco et Ronaldinho étaient venus le voir pour lui rappeler que cette victoire était aussi la sienne. Sans grande réussite, puisque

TOURE YAYA
24
bwin
unicef
10

dans l'esprit de Lionel, on ne peut pas être champion sans jouer.

Cette fois, les choses sont différentes. Messi a eu un rôle majeur dans le parcours du Barça. Avec 8 réalisations, il est le meilleur buteur de la compétition, devant Thierry Henry (5 buts) et le trio Berbatov-Rooney-Ronaldo (4 buts chacun). Et ce 27 mai 2009, il est cette fois bien présent sur la pelouse du stade olympique de Rome pour le choc annoncé face à Manchester United.

La finale oppose les champions d'Espagne aux champions d'Angleterre, deux équipes à l'effectif peuplé de grands joueurs. Les feuilles de match ne mentent pas. Sont alignés au FC Barcelone : Valdés, Puyol, Touré, Piqué, Sylvinho, Busquets, Xavi, Iniesta, Messi, Henry, Eto'o. Et pour Manchester United :

Van der Sar, O'Shea, Vidić, Ferdinand, Évra, Park, Anderson, Carrick, Rooney, Giggs, Cristiano Ronaldo.

Sir Alex Ferguson, le coach historique de Manchester, aborde la finale du haut de sa longue expérience. Pep Guardiola, l'entraîneur des Catalans, s'avance pour sa part comme la sensation de la saison. C'est un match rêvé pour tous les amateurs de football, la plus belle affiche possible. Comme Leo le dit : « C'est le match le plus important de ma carrière. »

Les médias s'attardent sur le duel entre Cristiano Ronaldo et Lionel Messi. Ils étudient les statistiques des deux joueurs dans la compétition et affirment que le Ballon d'or est déjà en jeu. C'est l'occasion pour *La Pulga* de prendre sa revanche sur son rival qui l'a devancé au vote du Ballon d'or 2008. Leo réfute cette ambition : « Ce serait réducteur et irrespectueux envers deux grandes équipes qui proposent le meilleur football à l'heure actuelle. Deux équipes qui comptent beaucoup d'autres joueurs décisifs. » En d'autres termes, il n'y a pas de compétition personnelle avec Ronaldo. « Je suis sûr qu'il est du même avis que moi : la seule chose qui compte, c'est le trophée en jeu pour l'équipe. Ce qui est sûr, c'est que celle qui l'emporte à Rome sera sacrée meilleure équipe d'Europe. »

Le constat est évident, mais les deux hommes savent également que la moitié de la planète aura les yeux braqués sur eux. Cristiano Ronaldo, qui n'a pas réalisé la saison de sa vie, tient à prouver qu'il est toujours le meilleur. Dès la première minute, il bénéficie d'un coup franc aux 30 mètres. Le Portugais recule de cinq pas, s'appuie sur sa jambe gauche et frappe. Le ballon tourne et rebondit devant le gardien de Barcelone, qui ne parvient pas à le capter. Piqué doit se jeter devant le Coréen Ji-sung Park pour sauver les meubles. Messi n'a même pas encore touché le ballon que Ronaldo a déjà procuré des frissons aux Catalans. Les meilleures occasions des Mancuniens proviennent de leur numéro 7. Leo, lui, n'est toujours pas entré dans son match. Ce n'est que 10 minutes après l'ouverture du score de Samuel Eto'o qu'il se signale : depuis son couloir droit, il repique dans l'axe et décoche un missile de plus de 30 mètres qui frôle la barre transversale. Le Barça commence à contrôler le match, et bien que Lionel ne soit pas dans un grand jour, il monte en régime au fil des minutes. Vient alors la 70e minute, quand Messi s'élève au firmament romain : le plus petit avec son mètre soixante-neuf devient le plus grand.

L'action : Xavi récupère un ballon mal renvoyé par la défense anglaise. Il lève la tête et adresse un centre brossé et précis dans la surface. Messi fixe le ballon et s'envole pour placer une tête croisée dans le petit filet opposé. 2-0.

L'explication : « Quand Xavi a eu le ballon, je me suis mis en position, parce que je me suis dit qu'il allait mettre la balle à cet endroit. J'ai vu que Van der Sar était un peu avancé et j'ai placé ma tête. »

La photo : Messi suspendu dans les airs, immobile. Haut, très haut. Légèrement penché en arrière. Le ballon suit sa

trajectoire et semble fuir le cadre. Devant lui, le gardien de Manchester, Van der Sar, en jaune, l'observe, l'air effrayé et la bouche grande ouverte. Tout près, Rio Ferdinand, avec ses vingt centimètres de plus que *La Pulga,* est cloué au sol.

À la fin de la rencontre, Messi est le premier que Guardiola vient embrasser.

Mais qu'en est-il de son fameux duel avec Cristiano Ronaldo ? Le Portugais termine la rencontre impuissant, tendu. Il se dispute avec Wayne Rooney et récolte même un carton jaune pour une faute inutile. Plus tard, Ronaldo déclare : « Ce n'était pas un match entre Messi et moi, mais son équipe a été meilleure que la nôtre, et lui aussi, parce qu'il a marqué. » Le vaincu rend hommage au vainqueur. Cette fois, Leo peut vraiment s'approprier le titre. Il embrasse la coupe aux grandes oreilles, il l'enlace, il la vénère, il la prend sous le bras pour faire un tour d'honneur, et il fait la fête jusqu'à 3 heures du matin avec son équipe, ses amis et sa famille. « Je suis le plus heureux du monde. C'est la victoire la plus importante de ma vie. Elle est pour ma famille et pour l'Argentine », commente Messi. C'est un football cinq étoiles salué par les médias du monde entier : « Messi, roi d'Europe », titre la presse italienne ; « Messi et Barcelone sur le toit du monde », se félicitent les journalistes argentins. « Un merveilleux Messi trop fort pour United », indique *The Times*, qui choisit la même photo qu'*El País* : un Leo souriant, qui lève les doigts au ciel, avec un titre factuel, « Messi est le meilleur ». Et personne ne le conteste.

CHAPITRE 10

Le Ballon d'or

★★★

C'est son tour. Après être monté sur la troisième marche du podium en 2007, puis la deuxième en 2008, Lionel Andrés Messi décroche la récompense individuelle suprême : le Ballon d'or France Football 2009. Sa victoire est indiscutable : il récolte 473 points sur un maximum de 480, plus du double de son premier poursuivant, Cristiano Ronaldo, qui n'obtient que 233 points. Son coéquipier Xavi se place troisième avec 173 points. Sur les 96 votants, 90 désignent *La Pulga* meilleur joueur de l'année. Il obtient ainsi 98,54 % des points : personne, en cinquante-quatre ans d'existence du prix, n'avait été aussi plébiscité que lui. Seul Michel Platini, sacré en 1984 avec 98,46 % des points possibles, s'en approche.

Il est 19 heures le lundi 30 novembre 2009 quand les représentants de *France Football* toquent à la porte du chalet de Messi à Castelldefels pour lui apporter la bonne nouvelle. Leo l'attendait avec impatience, il trépignait aux côtés de sa compagne Antonela, son frère Rodrigo, sa nièce et son neveu. Quand le directeur du magazine lui annonce qu'il est le lauréat de l'année, il répond avec sa timidité habituelle, mais il a les yeux qui brillent. Vêtu d'un sweat-shirt vert et blanc, Leo rejoint sa famille et les invités de *France Football* pour trinquer en l'honneur du garçon qui ne pouvait pas grandir et à son entrée parmi les géants du football mondial. Vient ensuite le moment de découvrir la une – et les 43 autres pages – consacrée à celui que le magazine qualifie de « jeune roi du football ».

Le lendemain, Messi est en première page de tous les journaux spécialisés. Une conférence de presse est organisée, ainsi que des interviews. L'heure est à la confidence et aux remerciements. « Je ne peux pas mentir, j'ai senti que ça pouvait arriver cette année, mais le résultat du scrutin m'a surpris, admet Messi dans la salle de presse du Camp Nou. Ce prix est un honneur ; c'est magnifique et très spécial, mais ce n'était pas une obsession. Je savais que, si ça devait arriver, ça finirait par se produire, mais, dans tous les cas, j'aurais continué à travailler comme je l'ai toujours fait. » Quelqu'un lui demande ce qu'il ressent après être devenu le premier Argentin lauréat du Ballon d'or. « C'est un grand honneur. Bien sûr, avec les règles modernes, Diego [Maradona] l'aurait emporté plus d'une fois. Et Alfredo Di

Stéfano et Omar Sívori l'ont aussi gagné, même si c'était sous une autre nationalité. »

Et comme Leo appartient autant au Barça qu'à l'Argentine, il n'oublie pas à quel point cette récompense est importante pour son club : « Le fait que je sois le premier joueur formé au Barça qui décroche le Ballon d'or est essentiel pour le projet du club. » Comme toujours, il pense à remercier sa famille et ses coéquipiers et leur dédie ce prix : « Sans eux, je ne l'aurais jamais gagné. » Il ajoute que s'il avait fait partie du jury, il aurait voté pour l'un de ses coéquipiers : « Xavi et Iniesta méritent ce prix aussi. » Il remercie Pep Guardiola, en expliquant que le coach a joué un grand rôle : « Je crois que c'est un homme très intelligent, doté d'un immense savoir footballistique, et il est capable de transmettre ses connaissances aux autres de la manière la plus efficace possible. C'est un entraîneur qui se soucie du côté humain de ses joueurs, et c'est pour cela qu'il est aussi apprécié. Les titres que nous avons remportés avec lui ont été essentiels pour le Ballon d'or. »

Le meilleur footballeur de l'année doit être couronné le 6 décembre 2009 à 11 heures, sur le plateau de l'émission « Téléfoot ». Denis Chaumier, directeur de la rédaction de *France Football*, remettra le trophée en personne. Toutefois, la veille, Leo a encore un match à jouer, face au Deportivo La Corogne. Sur la pelouse du Riazor, *La Pulga* étrenne son nouveau statut avec un doublé. Les spectateurs galiciens crient des « Messi, Messi, Messi ! ». À minuit, au terme du succès 3-1, Lionel se dépêche de se changer : un avion privé l'attend pour l'emmener à Paris.

À 9 h 30, le lendemain matin, son tour de la capitale commence. Messi parade dans la ville en costume-cravate, avec une touche de maquillage. Il s'arrête au pied de la tour Eiffel avant de filer dans le studio de TF1, où il est accueilli par son ancien coéquipier au Barça et champion du monde 1998, Lilian Thuram. Sous les applaudissements, il prend place devant les caméras. Après les discours, il reçoit le trophée tant convoité. S'ensuit une séance photo avec sa famille, ses amis et le président du FC Barcelone, Joan Laporta. Avant de pouvoir déjeuner, il doit encore se soumettre à une conférence de presse. C'est à ce moment que Leo, installé sur un tabouret, confie qu'il est impatient de soulever son Ballon d'or. Six jours semblent longs, dans ces cas-là. Il en profite pour surprendre son monde en ajoutant : « J'adorerais le gagner encore ; ce serait incroyable de l'avoir une deuxième fois. » Lionel Messi a été de nouveau couronné Ballon d'or en 2010, 2011, 2012, 2015, 2019 et 2021. Un exploit que personne n'imaginait possible.

CHAPITRE 11

La malédiction du numéro 10

★★★

Malédiction, malchance, mauvais sort, cauchemar ou karma… peu importe le terme choisi, le résultat est le même. Le meilleur joueur du monde a tout gagné avec le Barça, mais son bilan avec l'Argentine est famélique. En moins de douze mois, Leo reste sur deux finales perdues avec son pays.

Le 13 juillet 2014 à Rio de Janeiro, contre l'Allemagne, son rêve de devenir champion du monde est à portée de main. Mais alors que le monde entier pense que la finale va se jouer aux tirs au but, une frappe surprise de Mario Götze ramène brutalement Leo sur terre : 1-0. L'Allemagne brise encore le rêve de l'Argentine et confirme son statut de bête noire de l'*Albiceleste*. La *Mannschaft* (surnom donné à l'équipe nationale d'Allemagne) avait déjà éliminé Messi en quarts de finale du Mondial 2010 en Afrique du Sud, ainsi qu'aux tirs au but en 2006 à Berlin. Au Brésil, c'est une nouvelle désillusion. Tête basse, Messi tente de trouver les raisons de ce nouvel échec sur la pelouse du Maracanã. Il n'a même pas la force de regarder le Gant d'or du meilleur gardien remis à Manuel Neuer pendant le protocole. Les yeux rivés au sol, il est perdu dans ses pensées. Pour un joueur habitué à la victoire, la deuxième place ressemble à une défaite.

Son trophée de meilleur joueur de la compétition ne lui fait ni chaud ni froid. Il ne décroche même pas un début de sourire lorsqu'il vient récupérer son prix. Une fois dans les vestiaires, il confie le trophée à un dirigeant, puis s'assoit et pleure comme un bébé. « Être le meilleur du tournoi ne m'intéresse pas, je veux soulever la coupe du monde. »

Le 4 juillet 2015, l'histoire se répète. Lionel repart tête basse de la finale de la Copa América, qui oppose les meilleures sélections sud-américaines et quelques sélections invitées. Auréolé de nouveaux titres avec le Barça (championnat, Coupe du Roi et Ligue des champions), il arrive au Chili en bien meilleure forme comparé au Mondial brésilien. La sélection dirigée par Tata Martino se présente comme l'une des plus talentueuses du plateau, avec Messi, Agüero, Lavezzi, Di María, Higuaín et Tévez. Les supporters argentins s'imaginent déjà récupérer un trophée qui échappe à la sélection depuis 1999 et rêvent de voir leur capitaine faire chavirer le cœur du pays une bonne fois pour toutes.

Le match d'ouverture se joue le 13 juin 2015. L'*Albiceleste* débute bien contre le Paraguay. Kun Agüero ouvre la marque à la 26e minute. Dans la foulée, Messi transforme un penalty d'une frappe rasante. Ce sera son seul but sur les six matchs du tournoi. La suite se complique et, à la 90e minute, le Paraguay recolle à 2-2. La deuxième rencontre oppose l'Argentine à un rival historique, l'Uruguay. Kun Agüero donne une nouvelle fois l'avantage aux siens. Messi, lui, n'a pas l'air dans son assiette. Résultat final : 1-0.

Le dernier obstacle du groupe B se nomme la Jamaïque. L'Argentine se contente cette fois d'un but de Gonzalo Higuaín pour rejoindre les quarts de finale. À la fin du match, le buteur jamaïcain Deshorn Brown demande à Lionel Messi, surpris, de poser avec lui pour un selfie.

L'image du quart de finale entre l'Argentine et la Colombie est celle de *La Pulga* qui saute dans les bras de Carlos Tévez. L'attaquant de Boca Juniors vient de transformer le quatorzième et dernier tir au but, celui qui envoie les Argentins dans le dernier carré de la compétition.

En demi-finale, l'Argentine retrouve le Paraguay qui vient d'éliminer le Brésil pour une redite du premier match du groupe B. Cette fois, les Paraguayens sont balayés 6-1. Toutes les stars de l'équipe argentine participent à la fête, sauf Messi, déçu de ne pas avoir marqué. L'intéressé précise : « J'espère marquer en finale. Mais l'important n'est pas de se demander qui va marquer. Nous allons disputer une nouvelle finale après celle de la Coupe du monde, et cette fois on veut la gagner. »

Le dénouement de la Copa América 2015 a lieu le 4 juillet, dans la capitale chilienne Santiago. L'Argentine affronte le pays hôte emmené par Arturo Vidal, Alexis Sánchez, Eduardo Vargas et Jorge Valdivia. Le Chili rêve de remporter le titre et de briser enfin la malédiction : en 99 ans d'histoire dans la compétition et 24 tentatives, la *Roja* n'a jamais battu l'Argentine.

Le stade national est presque entièrement paré de rouge. Seuls sept gradins sont occupés par les supporters bleu et blanc. On peut notamment apercevoir un gigantesque drapeau représentant Maradona, le pape François et Messi, sur lequel il est écrit : « Dieu et le pape sont avec vous. » Toute l'Argentine est derrière son capitaine alors que les 50 000 supporters chiliens tentent de le déstabiliser en vociférant des « *¡Messi cagón!* » (« Messi, trouillard ! »). La partie tourne au vinaigre pour l'Argentine. Leo disparaît progressivement des radars, éteint par Vidal et Gary Medel. Hormis quelques coups francs et une contre-attaque emmenée à la 89e minute, le numéro 10 est transparent. Les commentateurs sont incrédules. Ils s'indignent même : « Il marche, regardez. Il marche ! »

Quand vient l'heure des tirs au but, Messi est le premier à défier Claudio Bravo. Le portier chilien du Barça plonge du bon côté, mais il ne parvient pas à stopper sa frappe. Gonzalo Higuaín ne connaît pas la même réussite et tire au-dessus de la transversale. Ever Banega manque aussi sa tentative et signe la fin du rêve. Leo n'a pas réussi à briser la malédiction. « Non, merci », répond-il cette fois aux organisateurs venus le chercher pour lui décerner le prix du meilleur joueur du tournoi.

CHAPITRE 12

Le triomphe tant attendu

★★★

Sept années se sont écoulées depuis que Leo a quitté la pelouse du Maracanã avec le poids de la défaite contre l'Allemagne en finale de la Coupe du monde 2014. Entre-temps, Lionel a perdu une nouvelle finale lors du centenaire de la Copa América en 2016 contre le Chili. Il a aussi vécu une sortie de route prématurée au Mondial 2018 en Russie face aux futurs champions français. Ces revers l'ont incité à annoncer à deux reprises sa retraite internationale en 2016 et en 2018. Mais à chaque fois, Leo est revenu sur sa décision. À 34 ans, le prodige argentin se voit offrir une nouvelle occasion de se racheter. Il a l'opportunité de remporter ce titre qui lui manque avec l'équipe nationale. Alors, ce samedi 10 juillet 2021, lors de la finale de la Copa América face au Brésil, tout peut changer. Les fantômes du passé peuvent être balayés d'un coup de génie et d'une victoire.

La Copa América, initialement prévue à l'été 2020, a été décalée d'un an en raison de la pandémie de Covid-19. Du 25 mai au 10 juin 2021, Messi et les siens séjournent dans le centre sportif de la Fédération argentine transformé en véritable forteresse anti-Covid. Aucune visite des proches n'est autorisée, et aucune permission de sortie n'est accordée durant les quarante-cinq jours de compétition. À chaque match, le groupe argentin s'envole vers le Brésil et rentre aussitôt dans son camp de base à Ezeiza, près de l'aéroport international de Buenos Aires.

Le 14 juin, dans un stade de Rio de Janeiro totalement désert, l'Argentine fait son entrée dans la compétition. D'un coup de patte magique, Messi catapulte un coup franc enroulé dans le petit filet du gardien chilien. Mais les inoxydables rivaux parviennent à égaliser grâce à Eduardo Vargas. Leo inscrit deux nouveaux buts lors du dernier match du groupe A contre la Bolivie (4-1). Cette troisième victoire en quatre matchs valide la qualification pour les quarts de finale.

Le 3 juillet, à Brasília, l'*Albiceleste* affronte l'Équateur. Passeur décisif sur les deux premiers buts, Leo signe le 3-0 à la 93e minute. En demi-finale, contre la Colombie, il joue encore un rôle décisif même s'il ne marque pas. Dans un duel équilibré, il envoie Lautaro Martínez vers l'ouverture du score à la 8e minute. Mais les *Cafeteros* (surnom de l'équipe nationale colombienne) égalisent par Luis Díaz à l'heure de jeu. Les occasions pleuvent de part et d'autre. À dix minutes du coup de sifflet final, Messi expédie une frappe sur le poteau. Tout se joue encore une fois aux tirs au but. Le capitaine est le premier à se présenter aux 11 mètres et il ne tremble pas. Vient le tour de Yerry Mina. Son ancien coéquipier du Barça a l'occasion de remettre les deux sélections à égalité 2-2. Le défenseur colombien place son ballon devant les provocations du gardien argentin. « Je vais te manger, mon frère », lui lance Emiliano Martínez.

Mina s'élance et voit en effet sa frappe repoussée. L'Argentine s'impose 3-2 et valide son billet pour la finale.

Le 10 juillet 2021, l'arbitre d'Argentine-Brésil siffle la fin du match. Messi tombe à genoux sur la pelouse du Maracanã, les mains sur le visage. Il n'y croit pas. Il a enfin gagné un trophée avec son pays. Il pleure de joie. Ses coéquipiers se précipitent vers lui, les uns après les autres. Le capitaine est enseveli sous une montagne humaine. Les images et les moments forts se multiplient… Messi jeté dans les airs par ses partenaires. Leo et Neymar, les deux amis, anciens coéquipiers et rivaux d'un soir, qui s'offrent une longue accolade. Leo qui soulève son sélectionneur Lionel Scaloni. Leo qui embrasse le trophée. Leo qui partage sa joie en visio avec Antonela et leurs enfants, restés à Rosario. Ce même

Leo qui, avant le match, avait annoncé à Ángel Di María, auteur de l'unique but de la finale, qu'ils prendraient leur revanche après tant d'échecs.

Ce soir-là, c'est toute une nation qui est en fête. Aux micros des radios et des télévisions, derrière son masque chirurgical, Messi se confie avec émotion : « La joie que j'éprouve est incroyable, inexplicable. Je suis si souvent rentré chez moi abattu. Mais je savais qu'un jour, moi aussi, je connaîtrais cette joie. Je remercie Dieu de m'avoir accordé ce moment, au Brésil et contre le Brésil. Je crois qu'il avait gardé ce moment pour moi. »

CHAPITRE 13

Paris

★★★

« 19 h 33, jeudi 5 août 2021. Dernière minute. Messi n'est plus lié au FC Barcelone. » L'annonce est accompagnée d'un communiqué sur le site officiel du club : « Même s'ils avaient trouvé un accord, le FC Barcelone et Leo Messi n'ont pu signer un nouveau contrat. Les deux parties regrettent profondément le fait de ne pas pouvoir répondre aux attentes du joueur et du club. Le Barça souhaite remercier chaleureusement le joueur pour tout ce qu'il a apporté à l'institution et lui souhaite le meilleur dans sa vie personnelle et professionnelle. »

La nouvelle fait le tour du monde. Les unes des journaux espagnols et argentins ne parlent que de ça.

Sur les réseaux sociaux, les messages de ses coéquipiers se succèdent. Le défenseur Gerard Piqué partage sa peine et son respect sur Instagram : « Rien ne sera plus jamais comme avant. Le Camp Nou, la ville de Barcelone, nous-mêmes. Après plus de vingt ans au club, tu ne porteras plus le maillot du Barça. La réalité, parfois, est dure à accepter. Nous nous sommes connus en 2000. Nous avions 13 ans et toute une carrière devant nous. Et quelle carrière ! Si nous l'avions imaginée à cette époque, nous n'aurions pas pu rêver mieux. De la folie ! Lors de ma première saison, à mon retour à Barcelone, nous avons remporté le triplé et tu es devenu le meilleur joueur de tous les temps. De Rosario au firmament de Rome. C'est là que ta légende a commencé. Tout ce qui est arrivé ensuite fait partie de l'histoire. Et comme nous nous sommes amusés ! À présent, tu t'en vas, mais je sais que, un jour, tu reviendras. Il nous reste des choses à faire. Amuse-toi. Amuse-toi, où que tu ailles, et continue à faire gagner les tiens comme toi seul peux le faire. Tu nous manqueras. Je t'aime, Leo. »

Le 8 août 2021, il est 12 h 06 quand Messi entre dans l'Auditorium 1899 au Camp Nou. Il retire son masque, se dirige vers le pupitre, mais fait aussitôt demi-tour, accablé par les larmes. Antonela, sa femme, présente avec Thiago, Mateo et Ciro, leurs trois enfants, lui tend un mouchoir. Leo s'essuie les yeux, se mouche et commence à parler devant sa famille, ses coéquipiers, le président, les dirigeants et les journalistes : « Ces derniers jours, j'ai réfléchi à ce que je pouvais dire. La vérité, c'est que je n'en avais aucune idée. J'étais bloqué, et je le suis toujours. C'est très difficile, après tant d'années, après toute ma vie passée ici. Je n'étais pas prêt. L'année dernière, j'étais sûr de vouloir partir. Cette année, non. Ma famille et moi, nous voulions rester ici, mais c'était impossible. Je suis arrivé ici quand j'étais enfant, et après vingt et un ans, je m'en vais, avec une femme et trois petits Catalano-Argentins. Je leur ai dit que nous reviendrions. Cette ville est la nôtre. J'aurais voulu faire mes adieux sur le terrain, avec le public, avec une ultime ovation. Mais ça s'est passé autrement, et je ne peux qu'être reconnaissant pour tout ce que j'ai reçu au fil des ans. »

À 12 h 42, ce dimanche d'août nuageux, Leo Messi remet son masque et s'en va. L'un des plus grands footballeurs de tous les temps quitte le FC Barcelone. Il part après avoir disputé 778 matchs, marqué 678 buts et remporté 35 titres (10 championnats, 7 Coupes du Roi, 4 Ligues des champions, 3 championnats du monde des clubs, 3 Supercoupes d'Europe et 8 Supercoupes d'Espagne). Il part après avoir raflé 6 Ballons d'or et empoché, en l'espace de vingt ans, quelque 800 millions d'euros.

Le 10 août, vêtu d'un tee-shirt blanc mentionnant le slogan du PSG « Ici c'est Paris », Leo Messi sourit à nouveau. À la fenêtre d'un bâtiment de l'aéroport du Bourget, il salue ses nouveaux supporters. Le site officiel du PSG a officialisé la

nouvelle : « Le Paris Saint-Germain est très heureux d'annoncer la signature de Leo Messi pour un contrat de deux ans, avec une année supplémentaire en option. »

Quatre jours plus tard, l'Argentin découvre la pelouse du Parc des Princes.

Le stade est plein à craquer. Leo est en compagnie des autres recrues estivales : Georginio Wijnaldum, Achraf Hakimi, Sergio Ramos et Gianluigi Donnarumma. Les quatre nouveaux l'attendent sur l'estrade placée au centre du terrain. Leo est le dernier à sortir du tunnel. Tout le stade se met à scander son nom. Le speaker du Parc le présente comme « l'une des icônes mondiales, l'un des plus grands joueurs de l'histoire du football ». Messi remercie les supporters pour l'accueil et, microphone à la main, s'adresse à son nouveau public : « Je suis très heureux d'être ici, de cette nouvelle étape que je vais vivre. J'espère pouvoir profiter de cette année, et j'espère que ce sera une grande année pour nous tous. »

29 août 2021. Les 20 546 billets du stade Auguste-Delaune se sont arrachés. Tout

QNB
PARIS

le monde veut assister aux grands débuts de Lionel Messi sous le maillot du Paris Saint-Germain. Il ne fait nul doute que l'Argentin va participer à cette 4e journée du championnat de France face à Reims.

Il faut attendre la 66e minute pour que l'entraîneur argentin, Mauricio Pochettino, rappelle Neymar sur le banc et lance Leo Messi. À l'annonce du changement, une ovation envahit le stade. Les spectateurs se lèvent, applaudissent, chantent son nom. Le match se termine sur le score de 2-0 pour Paris, grâce à un doublé de Kylian Mbappé. Les 31 premières minutes de *La Pulga* sont discrètes. Un peu à l'image de sa première saison parisienne, où il enlève son premier titre de champion de France, mais sort sans gloire de la Ligue des champions, battu par le Real Madrid de Benzema.

QNB
MESSI
30
PARIS

MESSI

10

CHAPITRE 14

Le trophée manquant

★★★

« Ce sera certainement ma dernière Coupe du monde, donc ma dernière chance de réaliser ce grand rêve que j'ai et que nous avons tous. » Le tournoi au Qatar s'annonce comme le dernier défi de Leo Messi avec sa sélection. Le capitaine argentin sait qu'il ne sera pas facile de remporter le dernier trophée qui manque à sa collection et qui fait défaut à son pays depuis 1986. « Il y a d'autres équipes qui sont au-dessus de nous, déclare-t-il avant la compétition. Nous sommes arrivés à un très bon moment, avec un groupe très fort, mais tout peut se passer dans une Coupe du monde. »

L'Argentine en fait la triste expérience dès son entrée dans la compétition. Le 22 novembre 2022, le duel face à l'Arabie saoudite débouche sur un coup de tonnerre. À la fin des 45 premières minutes, l'*Albiceleste* est pourtant en avance au tableau d'affichage sur un penalty de Messi. Ce 7e but de Leo en Coupe du monde laisse présager d'une balade de son équipe, mais pas du tout. En seconde période, l'Arabie saoudite égalise puis prend l'avantage pour l'emporter 2-1. « C'est un coup très dur, commente Leo à la fin du match. Maintenant, c'est gagnant ou gagnant. »

Le 26 novembre, l'Argentine écarte le Mexique 2-0. C'est *La Pulga* qui débloque le score. Et c'est encore lui qui offre la balle de break à Enzo Fernández. Le passage en huitième de finale se joue lors de la dernière journée du groupe C. L'Argentine affronte la Pologne. Messi retrouve Robert Lewandowski, qui a pris sa place à Barcelone. Mais les deux stars abandonnent pour une fois les premiers rôles. C'est au tour de la relève, incarnée par Alexis Mac Allister et Julián Álvarez, de qualifier l'équipe sud-américaine (2-0).

Leo a raté un penalty contre la Pologne, mais il se reprend au match suivant face à l'Australie. Il ouvre le score avant qu'Álvarez ne double la mise. L'Argentine a bien fait d'ajouter un second but, car l'Australie réduit le score avant d'obliger Emiliano Martínez à une parade décisive en fin de rencontre (2-1). L'équipe de Lionel Scaloni rejoint les quarts de finale.

Son prochain adversaire n'est autre que les Pays-Bas. Cette affiche est un classique dans l'histoire de la Coupe du monde, un match qui va faire couler beaucoup d'encre. Encore une fois, tout semble facile pour l'*Albiceleste*, qui se détache rapidement grâce à Nahuel Molina et un nouveau penalty de Leo. Mais le match n'est pas fini. Il reste moins de sept minutes avant la fin du temps réglementaire lorsque Wout Weghorst réduit l'écart. Et, au bout des 11 minutes du temps additionnel, Weghorst profite d'un coup franc ingénieux pour égaliser 2-2. Tout se joue aux tirs au but : Emiliano Martínez arrête deux penalties et Lautaro Martínez scelle la victoire sud-américaine.

Le 13 décembre, l'Argentine surclasse la Croatie, vice-championne du monde. C'est un Messi en grande forme qui emmène son équipe en finale du tournoi. Il transforme un nouveau penalty et, en seconde période, offre un caviar à Álvarez sur le 3-0. Comme en 2014 au Brésil, l'Argentine rejoint la finale.

Le 18 décembre 2022, au stade Lusail, elle affronte la France. L'affiche oppose Messi à Mbappé. Un duel entre les deux meilleurs joueurs du tournoi. D'un côté le champion en fin de carrière qui cherche le titre qui manque à sa collection, de l'autre le phénomène de 23 ans qui peut remporter sa deuxième Coupe du monde. Un duel haletant, passionnant, surprenant, qui consacrera les deux stars de la compétition. Mbappé terminera meilleur buteur du Mondial au Qatar avec 8 réalisations. Messi, sacré champion du monde en offrant la troisième étoile à l'Argentine, sera élu meilleur joueur de la finale et meilleur joueur de la Coupe du monde.

La finale tient toutes ses promesses : les Bleus n'existent pas pendant la première période. À la fin des 45 premières minutes, l'*Albiceleste* mène logiquement 2-0 : Messi a ouvert le score sur penalty et Ángel Di María a doublé la mise sur une superbe contre-attaque. À la 80e minute, les Français n'ont pas cadré la moindre frappe lorsque Mbappé transforme le penalty de l'espoir : 2-1. Une minute plus tard, le numéro 10 des Bleus frappe une volée parfaite pour ramener le score à 2-2. La finale bascule en prolongation. À la 108e minute, Messi envoie le ballon au fond des filets pour le 3-2. Mais Mbappé répond du tac au tac et égalise à nouveau : 3-3 à la 118e minute. La dernière occasion est française : à la 121e minute, Randal

Kolo Muani a la balle de match, mais Martínez écarte le danger du pied droit. Le titre se joue aux tirs au but. Mbappé et Messi transforment les premiers. La suite est à l'avantage du gardien argentin, qui repousse la frappe de Kingsley Coman. Aurélien Tchouaméni tire à côté tandis que Dybala, Paredes et Montiel transforment tour à tour. La Coupe du monde appartient une nouvelle fois à l'Argentine. Après Maradona en 1986, Messi est couronné roi du football mondial. À 34 ans, il peut savourer sa victoire : « Cela a été long à venir, mais on y est arrivés. Nous avons beaucoup souffert mais on s'est accrochés. C'est fou que cela arrive enfin. Je voulais tellement ce titre. Je savais que Dieu m'offrirait ce cadeau, mais je n'imaginais pas que ça se passerait comme ça. Maintenant, il faut profiter. On a hâte de revenir en Argentine pour retrouver nos supporters. » Le 20 décembre 2022, quatre millions d'Argentins se pressent dans les rues de Buenos Aires pour fêter les héros et le retour du roi Leo.

Fin

Retrouve très prochainement
une nouvelle biographie
DESTINS DE
CHAMPIONS
en Bibliothèque Verte, bien sûr !
Pour tout connaître sur tes séries préférées,
va sur le site :
www.bibliotheque-verte.com

QUIZ

Connais-tu vraiment Lionel Messi ?

1. Quel était le nom de son premier club ?

   a. Newell's Old Boys

   b. Grandoli FC

   c. Rosario Central

2. En français, que signifie son surnom *La Pulga* ?

   a. La puce

   b. Le pied

   c. La poule

3. À quel autre joueur sud-américain est-il souvent comparé ?

a. Pelé

b. Diego Maradona

c. Alfredo Di Stéfano

4. Combien d'années a-t-il passées au FC Barcelone ?

a. 12 ans

b. 17 ans

c. 21 ans

5. Lors de la finale de la Ligue des champions en 2009, de quelle façon inscrit-il le but de la victoire face à Manchester United ?

a. De la tête

b. Sur penalty

c. D'un retourné acrobatique

Réponses 1-b ; 2-a ; 3-b ; 4-c ; 5-a

MESSI

10

TABLE

MESSI

10

hachette s'engage pour l'environnement en réduisant l'empreinte carbone de ses livres. Celle de cet exemplaire est de :
450 g éq. CO_2
Rendez-vous sur www.hachette-durable.fr

PAPIER CERTIFIÉ

Photogravure Nord Compo - Villeneuve-d'Ascq

Imprimé en Roumanie par Rotolito Romania
Dépôt légal : juin 2023
Achevé d'imprimer : mai 2023
58.4036.3/01 – ISBN 978-2-01-720417-6
Loi n° 49956 du 16 juillet 1949
sur les publications destinées à la jeunesse